YUYO
el niño que no podía llorar

JOLES SENNELL   CARME PERIS

Yuyo, el niño que no podía llorar. Mayo de 1988.
© Texto: Joles Sennell. Ilustraciones de Carme Peris. Traducción
del catalán J.S. Grau.
Derechos para la edición en lengua castellana:
Ediciones Hymsa. Diputación, 211.
08011 Barcelona (España).
ISBN: 84-7183-169-4.
Depósito legal B.2277/88.
Impreso en BIGSA (Sant Adrià del Besós).
Printed in Spain.

Yuyo era un niño emigrante:
había venido con su familia
de un lejano país
que hay al otro lado del mar.

El día que Yuyo y sus padres
tuvieron que partir
a bordo del barco que les llevaría mar adentro,
Yuyo sintió una pena inmensa:
tras de sí dejaba parientes y amigos
sin saber cuánto tiempo estaría sin verlos
o si los volvería a ver alguna vez.
De sus ojos brotaron dos lágrimas
gordas y relucientes
que lentamente se deslizaron por sus mejillas.

La brisa se apiadó de aquél pobre niño
que lloraba desconsolado
mientras, por el horizonte,
desaparecía la tierra que le había visto nacer,
la tierra de sus amigos y de sus mejores recuerdos.
La brisa se acercó al muchacho
y le arrebató las lágrimas,
que en el acto se convirtieron
en dos bolitas de cristal.

Al cabo de unos días, Yuyo y sus padres
llegaron a su nuevo país.
Al principio, Yuyo no podía acostumbrarse
a su nueva tierra
y tenía ganas de llorar.

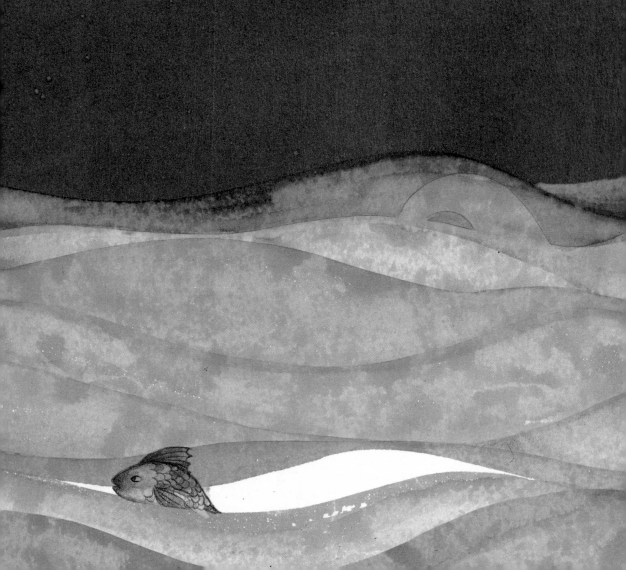

Pero no podía hacerlo.
Desde que la brisa le había quitado las lágrimas,
Yuyo no sabía llorar.
Ni la tristeza, ni la nostalgia,
ni el más terrible dolor
lograban hacerle llorar.

Pasó el tiempo
y Yuyo empezó a encariñarse
con su nuevo país.
Hizo nuevos amigos
y aprendió un montón de cosas nuevas.
Y, como cualquier otro niño,
tenía penas y alegrías,
pero no podía llorar.

Sus padres, extrañados, empezaron a preocuparse y consultaron a muchos médicos, pero todos les decían lo mismo: «Este niño está perfectamente, no padece ninguna enfermedad. Lo único que le pasa es que no sabe llorar». Nadie, ni siquiera el propio Yuyo, se explicaba aquel extraño fenómeno. Pasaron tres o cuatro años y los padres de Yuyo decidieron regresar a su país.

Y de nuevo se encontró a bordo de un barco
que surcaba las olas del mar,
dejando otra vez a sus espaldas
una tierra que había aprendido a querer
y un montón de amigos
que le querían bien.

Yuyo estaba realmente triste
pero no lloraba.
La brisa, de nuevo, se apiadó de su tristeza.
Se acercó al muchacho
y le devolvió las dos lágrimas
que le había quitado tiempo ha.

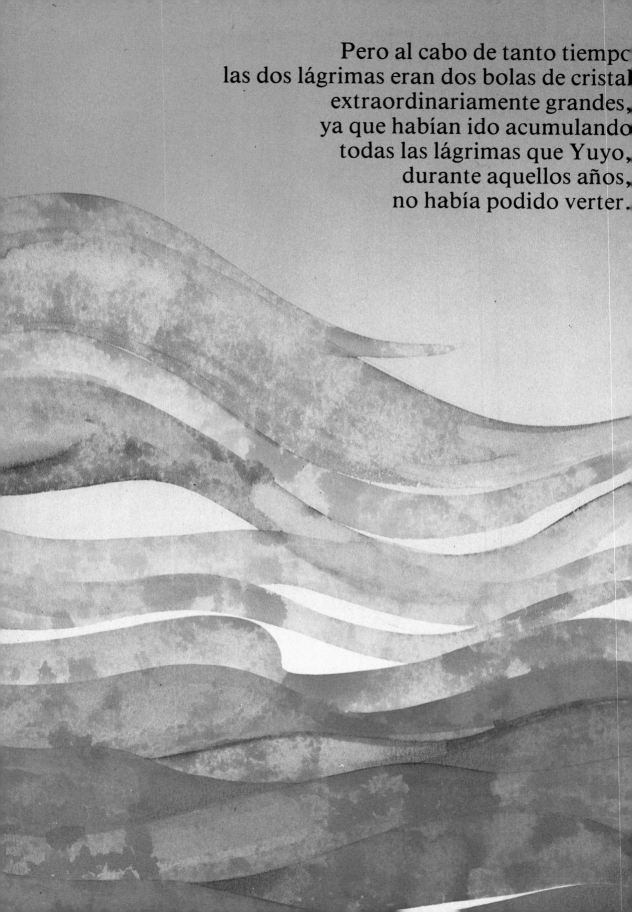

Pero al cabo de tanto tiempo
las dos lágrimas eran dos bolas de cristal
extraordinariamente grandes,
ya que habían ido acumulando
todas las lágrimas que Yuyo,
durante aquellos años,
no había podido verter.

Como eran tan grandes, Yuyo no pudo sostenerlas.
Cayeron al suelo y se rompieron.
Al instante, los pies de Yuyo
se cubrieron de miles y miles de lágrimas
que brillaban como diamantes a la luz del sol.
Entre las lágrimas
empezaron a salir miles de mariposas
de magníficos colores.

Cada mariposa tomaba una lágrima
y se iba volando hacia el cielo.
Unas volaban hacia el país que Yuyo
acababa de abandonar,
para despedir a sus amigos.

Otras volaban hacia el país
al que Yuyo regresaba,
el país en el que había nacido,
para anunciar a parientes y amigos
la próxima llegada del muchacho.
Y desde aquel día,
como todos los niños del mundo,
Yuyo ríe cuando está contento
y llora cuando está triste.

GABILAN HILLS SCHOOL
901 SANTA ANA ROAD
HOLLISTER, CA 95023